푸른사상
시선

22

수선집 근처

전 다 형 시집

푸른사상 시선 22

수선집 근처

1판 1쇄 2012년 9월 5일 | 1판 2쇄 2012년 9월 20일

지은이 · 전다형
펴낸이 · 한봉숙
펴낸곳 · 푸른사상사
주간 · 맹문재 | 편집 · 김재호 | 마케팅 · 박강태

등록 제2-2876호
주소 서울시 중구 초동 42번지 아시아미디어타워 502호
대표전화 02) 2268-8706~7 팩시밀리 02) 2268-8708
메일 prun21c@yahoo.co.kr / prun21c@hanmail.net
홈페이지 www.prun21c.com

ⓒ 전다형, 2012

ISBN 978-89-5640-943-6 03810
ISBN 978-89-5640-765-4 04810 (세트)

값 8,000원

☞ 저자와의 합의에 의해 인지는 생략합니다.
e-CIP 홈페이지(http://www.nl.go.kr/cip.php)에서 이용하실 수 있습니다.
(CIP세어번호 : CIP2012004043)

수선집 근처

나로부터 멀리 떠나라

까마득히 잊었다 하라 나여!

나를 따돌리기 위한 몸부림이다

어제의 나를 아주 외면하라 그대여!

詩針! 시치미 뚝 뗀다 서툰 이별의 방식

쓰디쓴 채찍으로 더 멀리 달려라 사랑아, 상처야,

2012년 팔월 송정에서
전다형

| 차례 |

■ 시인의 말

제1부

제2부

제4부

제1부

연필에 대하여

연필을 깎는다 연필깎이 입구에 깊숙이 들이밀고 빙빙 돌린다 어디에 뿌리를 남겨둔 나무였을까 흩어지는 살들의 성체 안에 굳은 심이 보인다 검게 빛나는 질감이 마치 역사 같다 뼈와 살을 여미지 않고 세상을 건넌 사람들은 모른다 깊고 곧은 마음 품을 수 없다

적당히 눈감고 살아온 생을 연필깎이에 넣어 빙빙 돌린다 톱날은 신이 나 죄의 비늘을 쳐낸다 물관부의 투명으로 눈뜨고 싶다 뾰족하게 깎은 영혼으로 생의 역사를 다시 쓰고 싶다 연필이 깎인다 뾰족한 심이 일어나 세상의 허를 찌르는 광휘를 엿본다

용비어천가 제Ⅱ장
― 뿌리

저 질긴 뿌리는 우물 한 모금 물고 잠이 들었으리

첨벙, 차르락 두레박 내리는 소리

먼 변방까지 삐걱이는 물지게 소리

세상을 져 나른 뿌리의 가파른 소리

우물은 바닥의 바닥까지 젖꼭지를 물린 채

소리의 물결이 꿈결을 짚어오리

나무뿌리로부터 우듬지까지 이어 달리리

물방울이 종을 울리는 나무가 품은 집 한 채

범종 소리 아득한 산방에서 오래오래 소용돌이치리

더 깊고 맑아져야 만나는 뿌리의 경전

출렁, 햇살이 양동이 내려놓을 때

한 발 더 깊게 흙 속으로 내려서리

청어를 굽다 1

청어살을 발라먹으며 용서를 생각한다

살보다 가시가 많은 청어

가시 속에 숨은 푸른 속살을 더듬어 나가면

내 혀끝에 풀리는 바다

어제 그대의 말에 가시가 많았다

오늘 하루 종일 가시가 걸려 목이 아팠다

그러나 저녁 젓가락으로 집어내는 청어의 가시

가시 속에 감추어진

부드러운 속살을 찾아가다 만나는 바다의 선물

어쩌면 가시 속에 숨은

그대 말의 속살을 듣지 못했는지 몰라

가시 속에 숨은 사랑을 발라내지 못했는지 몰라

오늘 밤 이불 속에서 그대에게

화해의 따뜻한 긴 편지를 써야겠다

가시 속에서 빛나는 청어 한 마리

어느새 마음의 지느러미 달고 바다로 달아난다

청어를 굽다 2

저녁 식탁 위에서

마음의 지느러미 달고

바다로 돌아간 청어 한 마리처럼

어제 띄운 화해의 긴 편지

그대가 사는 번지를 잘 찾아갔는지

어쩌면 나에게

말의 가시가 더 많았는지

가시를 감추어둔 나의 말이

그대 목구멍에 상처를 남겼는지

다시 청어를 구우며

서툴게 발음해 보는 용서와 화해

내 말 속에 가시를 걷어내고

그대 가시 속에 숨은 말을 찾아

싱싱한 소금을 뿌린다

청어를 굽다 3

한 통의 편지가 헤엄쳐 왔다

또박또박 눌러 쓴 글씨 속에 잠긴

그대 깊고 넓은 마음의 바다

그리고 청어 한 마리

"세파를 거스르는 일은 상처투성이

그러나 상처도 무늬로 남아

아름다움이 될 수 있다"

청어를 굽는다

아픈 상처들이 따뜻하게 익는다

청어를 굽다 4

— Y에게

짝을 잃은 Y 서른다섯 구만리 앞날이 풀썩 주저앉았다 콧
대 높은 빌딩도 풀이 죽었다 방방 옷장에 숨겨놓은 두꺼운 그
늘 외투가 착한 햇살을 외면했다 나는 고슴도치와 선인장과
호저를 입은 Y를 서툴게 껴안다 가시에 찔리기 일쑤였다

무딘 젓가락질로 설익은 청어를 돌아 눕히자 석쇠에 살점
이 엉켜 붙었다 뭉근한 온도를 에둘러 뒤집기를 반복하자 핏
물이 접시 가장자리로 흘렀다

그녀의 주변에는 늘 넘실대는 수작들이 다녀갔다 낯선 사
내가 그녀 곁을 뒹굴다 갔다는 후문만 무성했다

반짝 햇살로 그녀 그늘을 줄일 수 없었다 서로를 멀리 저어
갔다

무덤에 풀이 돋기 전 슬픔을 걷어붙였다 이스트를 듬뿍 넣
고도 부풀지 않는 그녀의 빵가게 빙글빙글 바람이 회전문을
열고 안을 기웃거렸다 야릇한 웃음과 은근한 눈빛과 나긋한

목소리가 그녀를 밖으로 불러내기 시작했다 가게 문이 닫히
고 문패가 바뀌었다

　그녀와 나 사이 밑불이 식은 지 오래였다

　굽다 만 청어 생 비린내가 훅 코끝을 치받았다

다시 청어를 굽다

노릇노릇 잘 구워진 청어살 앞에 두고
살을 발라내는 아침 젓가락은 서툴렀다

덧난 상처가 더 쓰리고 아팠다
흰 접시 위에 푸른 청어
위태롭게 뉘어놓고
그대와 주고받은 화해의 긴 편지
눈물 젖은 행간

그대 문장 속에 감추어둔
사랑의 옹이를 찾아
밑줄 그으며 읽는다

그대가 풀어놓은 말 비린내가
내 몸 깊숙이 스미어
하루 종일 역겨웠다

그대와 나 부드럽게

스며들지 못하고

말 부리에 걸려

마음 다쳐 돌아오던 날

검붉게 달구어진 혀 위로

그대 말을 눕히고

노릇노릇 청어를 굽는다

청어를 굽다 5

가시는 울음의 뿌리라지

서른셋 청상, 총총 오 남매가 탱자 가시 울타리였다지

키 작은 울타리 너머 뭇 사내 군침을 흘렸다지

푸른 시간 긴긴 밤을 여몄던 마음 섶

흙으로 들기까지 바깥을 향해 겨누었을 가시 총

사랑 못 깊게 박힌 가슴으로 찾아 온 너울 파도

내 안에 적들이 무섭다 다그쳤다지

판판 백기를 먼저 들어야 할 쪽은 나였다 슬픈 고백,

근조등, 일부종사 아름다운 약속이 익는다

펄럭이던 수평선이 바지랑대를 툭 놓쳤다

다 파도의 짓이다

자신을 찌른 가시가 수북하다

각 잡다

내 생각에는 섬유질이 많다 각성의 날들이 마음과 몸을 갈
라놓았다 마음이 허기진 입속으로 覺刻却殼恪愨卻咯堁塙確
을 떠넘긴다

지친 몸들에 섞여 연화리 앞바다까지 왔다 파도가 방파제
에 머리를 찧고 있었든가 습도계를 입에 문 채 제가끔 각 속에
갇힌다 각 잡은 각, 각 잡는다

괄호에 대하여

책을 읽다 행간에 빠진다 붉은 사인펜으로 ()를 한다 끼리 끼리 묶고 이도저도 아니면 기타 등등으로 묶는다 ( )에 대해 서 골똘해진다 괄호 밖은 괄호 안을 꿈꾼다 든든한 울이 되기 도 하고 튼튼한 감옥이 되기도 하는 괄호, 서로를 묶고 묶이어 흘러간다

괄호가 나를 요리한다 몽타주 기법으로 질근질근 씹기도 하고 팔 다리 목 가슴 엉덩이 부위별로 찢어발기기도 한다 심 지어 분쇄기에 털어 넣고 부드러운 가루로 만들어버린다 나 는 괄호의 부드러운 입이 된다 세 치의 혀를 마비시켜버리는 독을 마신다 한통속이 되어 찧고 까분다

채송화 우체국

봉투의 주둥이를 입으로 훅 불었다 추신으로 눈이 새까만 채송화 꽃씨를 함께 넣었다 만삭의 봉투가 뒤뚱 봄 벚꽃길 열고 네거리 우체국 간다 나냐너녀 노뇨누뉴 왕벚꽃 말문 트는 돌담을 따라 시옷이응 지지배배 초등학교 담장을 지나 두근두근 사랑의 능선을 돌아 붉은 우체통 기다리는 소박한 우체국으로 들어섰다

앉은뱅이저울이 벌떡 일어나 눈이 까만 채송화 꽃씨를 안아 올렸다 그립다 사랑한다 씨알 굵은 고백은 아껴두고 사랑의 변죽만 울렸던가 꽃 대궁에 올라앉은 잠자리가 부드러운 날개를 사뿐 접었다 날아가듯 저울 눈금이 요동쳤다 꽃씨가 꽃대의 거리를 재는지 발가락이 허공을 툭툭 찼다 발 뼘을 쟀다 봉함엽서 봉투의 솔기가 자꾸 터졌다

휘파람새 한 마리 푸드덕 붉은 마음을 물고 날아간 그곳, 추신으로 넣은 채송화 꽃씨가 속닥속닥 꽃말을 터뜨렸다 하얀 치아를 활짝 드러내고 깔깔 쏟아놓을 비단길, 연초록 설렘임을 펼쳐 읽었을까? 그곳에는 활짝! 만개한 주름들도 눈부시게 펼쳐낼까?

지우개밥

너는 내 밥이다

질긴 고무 근성 걷어붙이고 막돼먹은 근본부터 살핀다

틀려먹은 근본과 울퉁불퉁 바탕과 빗나가는 오답 쓸어버리
리라

백지장까지 갔다

꼭 눌러 쓴 믿음과 튼튼한 약속으로 지은 지우개밥

소화되지 못한 믿음이 낭떠러지로 내몰렸다

먹을수록 허기진 밥이다

푸르게 돋은 하얀 여백,

바퀴

이러구러 궁굴리며 한 생을 다 굴러먹었다

물줄기를 잃은 개울가에 버려진 폐리어카 한 대

갈비뼈 부러진 녹슨 바퀴에 흥건하게 저무는 햇살

반짝이는 물살 다 흘려 보낸 개울가 부러진 바퀴살은

자신의 이력만큼 너덜너덜한 물살을 꿰맸다

이쯤에서 끌고 왔던 모든 물살은 떠내려 보내야 한다

흠집 숭숭한 추억들만 하나 둘 돌아 누이는가

실밥 터진 삶의 녹물조차 몸 뒤척이는데

차마 따라 나서지 못한 자투리 물살은 푸른 이끼로 덮어두자

우뚝 선 산이 눈을 꾹 감고 누추한 그림자 지우는 저녁 무렵

한 생을 굴러먹은 길들이 쭈– 욱 다리를 뻗고 있다

개망초꽃

양로원 마당에 무리지어 핀 꽃
담벼락에 기대어 졸고 있었네
이가 빠지고 거동이 불편한
꽃잎이 응달에 모여
차가운 햇살을 긁어 모으고 있었네
어둠이 듬성듬성 저승꽃으로 피어나
지나온 길을 뚫어져라 쳐다보고 있었네
핏기 없는 얼굴이 내 발목을 붙들었네
나는 개망초꽃 한 다발을 꺾어
내 가슴속 깊이 꽂았네
한동안 실어증을 앓던 꽃이
말을 쏟아내었네 107호 108호 시들은
꽃잎이 슬픔을 풀어놓자
봉우리에 맺혀 있던 그리움이 터져 나왔네
양로원 할머니는 골목 어귀에 귀를 걸어두고
소리 쪽으로 얼굴을 돌렸네
C자로 허리 굽은 개망초꽃이
소리 없이 피었다 졌네

휘청, 휘어진 길 끝에서

꽃상여가 제자리걸음을 하다

겨우 떠나갔네

버림받은 꽃, 죽어서 뒷산에 심어졌네

때마침 천둥이 치고 하늘이 한줄기

눈물을 쏟아내었네

개망초꽃이 상주 없는 꽃상여의 뒤를

에고에고 혀를 차며 따라가고 있었네

제2부

그늘에 대하여

나무만 그늘을 만드는 건 아니다

벽에 걸린 오월 달력 속에
사랑의 잎사귀로 그늘을 만든 말씀의 나무
석가탄신일 어린이날 어버이날 스승의 날
오월은 은혜와 사랑으로 충만하다
그 오월 달력 속의 나무, 우리들 마음
잎사귀 넓은 사랑으로 덮어준다
붉은 숫자들 사이 내 생일도 숨어 있다
오월 달력 속의 나무들 붉은 꽃 피우고
붉은 사랑 우리들 혈관을 따라 돈다
달력 속 말씀의 나뭇잎은 울창한 그늘의 숲
깊은 햇살이 깊은 그늘을 만든다는 이치를
나는 그늘을 찾으면서 생각했다
가족을 위해 이웃을 향해
한 뼘 그늘도 만들지 못하고 나는 생을 흘려 보냈다
거목 그늘에 내 나무 그늘 슬금슬금 숨어든다
한 뼘 그늘도 만들지 못한 삶의 무안!

나팔꽃 씨 하나가

빈 토분에 순금 빛 사월을 갈아

나팔꽃 씨를 심었다

여름이 올 때까지 눈부처로 들여앉혀

들며날며 물을 주고 북을 돋우었다

입술이 마르고 애가 타는 시간은 가고

씨앗 속 어둠을 밀고 머리물

터지며 세상으로 나온 꽃씨

열 달 배에 품은 자식이 저러한가

나팔나팔 재롱에 밤잠을 설친다

눈을 맞출 때마다 방긋 웃는 웃음에

무자식 눈[雪] 같은 설움은 녹고

별난 손들은 베란다 난간을 움켜쥐고

신기한 듯 아파트 창밖의 세상을 바라본다

그 손들 한 걸음 한 걸음 옮길 때마다

꽃들도 다투어 피어나

그 착한 입술로 온 집안 가득 나팔을 불었다

내 마른 자궁에도 나팔꽃 씨 하나 떨어져

나팔꽃 웃음 피어난다

한 번도 물리지 않았던 내 젖꼭지에

아픈 젖물이 핑 돈다

오! 귀여운 내 새끼들아

어쩔 뻔 했을까요

나, 그대에게 빠지고 싶다, 직유의 문장으로 달리지 못했는데요

88번 국도 접어들어 에스 자로 휘어진 사랑의 7부 능선에서 한 천년 사람 농사 지어보자 말하지 못했는데요

평생 물리지 않는 흰 쌀밥 위에 쌀벌레라도 낳아볼까요 의중 떠보지 못했는데요

꽃 사과 자투리 땅 꽃방에 세들자 마음 끌어 당겨보지 못했는데요

88번 국도가 휘청 은유로 받아치던데요

몸의 번지 마음의 번지 서로 갈림길에서 한참을 서성이는 것 보이던데요

그때 상행선 열차 진입을 막는 차단기가 철컥 내려지던데요

키 큰 표지판이 위험한 진입을 가로막던데요

휘청 흔들리던 마음 먼저 읽은 표지판이 무섭게 다그치던데요

마음 붉게 걸린 석양이 가는 길 놓칠세라 해를 잡아두던데요

해 빨리 기울고 마음 기울었으면 어쩔 뻔 했을까요

소리
— 부화

아버지 푸른 목소리, 당신 소리 품은 그리운 옛집 537번지 사랑채 딸린 두엄 더미 위 씨암탉 알을 품듯 소리의 알을 품는다 알을 품은 날개가 부푼다 날개 아래 또 다른 날개가 자라 날개가 따뜻하다 삼삼거리는 모이의 유혹도 따뜻하게 품어준 푸른 목소리 그 소리의 껍질을 깨는 일이다 날개 아래 또 다른 소리 3 · 4조 7 · 5조 날개가 돋는다 당신이 못다 품은 소리의 알, 청산리 벽계수야 쉬이 감을 자랑마라 시조창 일곱 고개

풍선의 자궁

누가 흘리고 갔을까 지하도 입구에서 이리 뒹굴 저리 뒹굴 행인의 발길에 밟혔다 아이의 고사리 손에 매달려 만삭의 몸으로 하늘을 날던 봄날을 걷고 쓸쓸하게 누워 있다

빈 자궁으로 누워 있던 바람 빠진 풍선 벌떡 일어나 내 배꼽에 매달렸다 풍선과 나는 한몸이 되었다 바람을 마신 배 금세 불룩해졌다 내 몸이 점점 만삭으로 불러왔다

열차가 멈춰서고 문이 열렸다 내 배꼽에 다산한 어머니 빈 자궁이 매달려 있다 문을 열고 빠져나오자 문턱에 걸려 미처 빠져 나오지 못한 풍선 터져 버렸다 개찰구를 밀고 나오니 하늘엔 애드벌룬으로 떠 있다

봄비

어린 봄비가 빗금을 그으며 내렸다

세상에는 틀린 곳이 많은가보다

아니다 아니다

회초리 매섭게 후려치던 빗줄기가 어느새

세상 바닥에 닿자마자

맞다 맞다 동그라미를 그렸다

힘내라 힘내라

어수선한 골목길에 쏟아지는 박수갈채

밝은 안과

순번 대기표를 뽑아들고 어둠 밖을 서성이었을까 마음이
깜깜하게 저물고 한밤중에 들고서야 드디어 내 어둠이 호명
되었다 갈색 안경을 코끝에 얹은 의사가 내 남은 빛을 재었다
켜켜로 앉은 적막에 대해서 어둠을 들추기 시작했다 시력표
속에 숫자는 파리똥으로 앉아 있고 전방을 다 빠뜨린 불안한
길이 희미한 동공 속 굴과 마주섰다

갈색 안경을 낀 의사는 미간의 팔자주름을 잡았다 수상쩍
게 눈을 자주 깜박거리며 창밖 흘러가던 구름과 섞이어 흘러
갔다 의사는 내 남은 빛의 수치를 읽으면서 마른풀이 날리는
먼지 묻은 길을 묻기도 했다 공중그네를 맨 거미줄과 젖은 이
끼에 대해서 자세한 설명을 덧붙이기도 했다

나는 어둠의 뿌리를 뽑기로 했다 의사는 내 망막에 걸린 촘
촘한 갈래길을 잡아당겼다 아슬아슬 매달린 공중의 길이 뜯
겨나가고 이윽고 수정체가 열렸다 조리개를 움켜쥐고 있던
불안한 어둠이 한꺼번에 쏟아졌다 내가 풀어놓은 작은 어둠
이 더 큰 어둠을 낳았다

그리움은 입이 크다

어리석은 딸이 지구 반대편으로 어학연수 떠난 사흘간,

고삐 잡힌 마음이 말뚝도 없던 전화기 주위를 빙빙 돌았다

전화기가 내 마음을 들었다 놓았다

내 목을 칭칭 감았다 풀었다

안절부절 못하던 근황이 그믐으로 깔리던 나흘째,

물 젖은 안부를 입에 문 나비 모양의 전화기가 나를 꿀꺽 삼켜버렸다

푸른 물이 뚝뚝 떨어지는 목소리로 잘 지낸다는 말 한 마디가 힘이 세었다

전화기가 내 손을 가볍게 내려놓으며 한시름 놓는 눈치였다

꽁꽁 얼어붙은 몸을 푼 봄 햇살이 집을 에워쌌다

낡은 피아노

그는 한물간 사랑을 덮고 말이 없다 눅눅한 골방 누구도 거들떠보지 않는다 투명한 음계를 쏟아내고 어둠 속에 누워 있다 그를 타고 넘은 비단길은 능선을 돌아나갔다 이가 맞지 않아 뚜껑마저 닫히지 않는다

그가 가슴을 열자 흰 건반 위로 풀풀 나비 떼가 날아올랐다 껍질을 벗은 검은 건반을 하나씩 짚자 해맑은 우울이 쏟아지며 밀려들었다

옥탑방은 다시 그의 화음으로 출렁거렸다 교차로 지나 돌아오는 길, 전봇대를 향해 오줌발을 세웠다 지상으로 발부리 내리고 싶어 허공에서 소리의 뚜껑을 열었다 그는 어둠의 골목을 짚으며 오래된 사랑을 연주했다

537번지

아래채에 매달린 무청이 바람 끝에 나앉자 시래기가 가문의 서러움을 말리고 있었다 순진한 아내 떠나기 직전 부화하지 못한 가난의 시간을 두루마리로 풀어내었다 오동나무에 어깨를 기댄 흙담이 모처럼의 인기척에 자세를 고쳐 앉고 눈빛 선한 달빛이 나무 그림자를 끌고 와 먼지 앉은 툇마루를 연신 닦아냈다

엉덩이를 반쯤 걸친 그 남자 달빛의 속마음을 읽고 대청마루로 올랐다 떠나기 전 심어놓은 옥수수 제 홀로 속 여물어 출출한 허기 달래기에 좋았다 녹슨 가마솥에 옥수수를 넣고 검불에 불을 붙이자 청솔가지 매운 연기보다 뒷산 개구리 울음이 동네방네 소문을 돌렸다 뜸은 더디게 들고 개구리 울음 따라 무안한 모씨(某氏) 설움이 후렴으로 잦아드는데
30촉 알전구보다 밝은 달빛이 더 낮아져도 좋았다

글썽한 옥수수를 물어뜯다가 설익은 하모니카 번갈아 불렀다 남새밭가 마구 자란 풀숲에 아무렇게 주저앉은 이 빠진 그릇이 언제 빗물을 품었는지 희미한 초승달을 띄워놓고

어린 쥐들에게 몽당숟가락으로 물을 떠먹이고 있었다 그
남자 함부로 자란 개망초 꽃대를 뽑는 동안 달빛의 눈썹이 파
르르 떨렸다

중교 종묘사

자전거 바퀴살이 차르차르 가을 햇살을 감았다 풀며
페달을 밟는 아버지 종아리에 추임새를 넣었다
종묘사 앞 느티나무에 자전거를 세워놓고 목문 드르륵 열
었다
낮에도 30촉 전구를 켜야 보이는 가게 안
칠 벗겨진 목문 사이로 한산한 햇살이 스르르 오침에 들다
풀죽은 씨앗들이 먼저 아버지 인기척에 스스로 먼지를 털
어내었다
낡은 간판에 새겨진 중교가 종교 종묘사로 읽혀졌다
씨를 파는 일이 종교였을 전씨,
휴면계좌에 남은 잔고 씨[種] 맹신의 종교를 남발하고 있었다
긴 겨울이 찾아오면 찾는 사람 없는 시골 종묘사
그 맹신의 종교를 개종할 때가 왔나보다
이달 말까지만 문 열다 닫겠다는 안내문
닫는다, 닫는다 여차 핑계거리 찾다 석삼년 연 가게
전기세 가게세 체납 고지서가 낙엽처럼 쌓이자
할멈 성화가 오일장날 방을 써 붙였던 것이다
선반에 쌓인 저 새까만 눈들을 외면할 수 없다
눈감을 때까지 열어야 한다 밀고

당기는 다짐들로 삐긋삐긋 아귀가 나간 문

가게 문 닫아버리고 휑하니 다녀가라는

자식 전화가 귓가에 나팔꽃을 피워 올려도

문밖 낯익은 발자국 소리에 귀를 열고 있는 까만 씨앗들

그 얼굴 밟혀 가게 문 빗장 지를 수 없었다

열두 부락 면민 전부가 1823명이라는

막 부임한 면장 친구가 일러준 말씀

곽씨 서씨 홍씨 전씨 김씨 집집마다

씨 뿌리지 않아도 저승꽃만 만발했다

손님 발길보다 먼지가 발 빠르게 씨앗 봉지를 껴안은

가게 앞에서 발 뿌리를 옮길 수 없었다

씨 뿌릴 한 평 땅을 호주머니에서 만지작거렸다

상추 씨 고추 씨 호박 씨 오이 씨 해바라기 씨를 샀다

마음 앞장 세워 떠나온 537번지에

푸른 넝쿨 손 뻗어 허공의 길을 묻고 있었다

씨앗 봉투 입구를 뜯어내자

아버지 자전거 바퀴살에 감고 달렸던

봄길이 쏟아져 나왔다

아버지의 잔

아버지는 술독이었다

우리 집 가문은 밀주를 빚다

뒤채에 매달린 시래기가 되었다

부엌 불쏘시개 밑에 숨겨두었던

밀주 항아리

벌금으로 돼지우리가 비고

송아지가 팔려나갔다

전기도 들어오지 않던 시골집

온 세상이 정전이었다

감전된 내 꿈 재가 된 절망을

밀주 항아리에 꾸역꾸역 밀어넣고 술을 빚었다

잘 익은 술이 아버지를 마시고 빈

독으로 가족을 내동댕이쳤다

깨어진 꿈 조각의 뾰족 끝이 채칼이 되어

푸른 하늘을 품고 잠이 든

어린 자식의 단잠을 채 썰었다

상처 난 꿈을 파종했다

그해 겨울은 내내 폭설이 내렸다

늑장을 부리는 봄은 우리 집

대문을 지나쳐 갔고 마당 어귀 잡풀은

모질게 주저앉아 일어설 수 없었다

상처를 싸맨 슬픔은 덧나

고름이 지붕 끝까지 차올랐다

겨울 한복판 빈 술독 달 그림자 가득

절망이 누룩으로 익어 가는 빈집

불의 문장

잘못 걸려온 전화 한 통 엄마! 외마디 어린 목소리 쉬는 시간 발을 동동 구르며 전화를 걸었을 그 아이 엄마! 준비물, 준비물, 나는 네 엄마가 아니란다 무섭게 찰칵, 뚜 뚜 뚜 뚝 끊어버리는 가위질 소리에 느슨한 오전이 싹둑 잘려나갔다 수돗물을 틀어놓은 싱크대 안으로 물 젖은 직유의 문장들이 쏟아졌다

전화벨이 또 울렸다

고요한 가슴 밑바닥에 화살촉이 날아들었다 나도 누구에게 저렇게 절박한 때가 있었던가 고무풍선을 입에 문 상상의 파도가 두루마리로 밀려왔다 서로를 지극하게 당기는 존재였던가 가슴에 빗금을 치던 은유의 문장들 숭덩숭덩 썰어 넣고 된장국을 끓였다 마주 앉아 받을 가족은 뿔뿔이 대처로 떠나고 홀로 남은 점심나절 뜨거운 이름 하나 불러보았다

배꼽 깊게 뿌리내린 불의 뿌리를 힘껏 잡아 당겼다

달팽이

내가 처음 만났을 때 그는 무기수였다 평생을 독방에서 종
신형을 살고 있었다 비가 내리는 날은 외출을 했다 그의 따뜻
한 집이 슬픈 감옥이었다 절벽 앞에는 겹겹의 어둠이 보초를
섰다 온몸으로 푸른 감옥을 밀고 어디론가 가고 있었다 비가
내리면 집이 있어 짐이 되었다

창문도 없는 감방에서 제 살을 파먹으며 젖은 슬픔을 말렸다

비가 감옥의 문을 열었다 굳게 닫힌 귀를 열고 안테나를 높
이 세웠다 온몸으로 바닥을 읽었다 무거운 짐을 지고 오르막
길을 올랐다 마른 길에게 부드러운 속살 다 파먹히고 겨울 무
논에 빈 껍질로 둥둥 떠 있었다 네 어미의 어미가 그랬다 살
아서 감옥이던 집 네 어미의 자궁을 열고 네가 태어나고 있었
다 단 한 번도 보지 못한 집 슬픈 감옥을 죽어서 빠져나오고
있었다

제3부

노을

임종하던 아버지 각혈이었다 온 세상이 빈혈을 앓았다 내가 당도할 무렵 핼쑥한 서녘 입술은 굳게 닫혀 있었고 입가에는 평생을 비틀거리던 길들이 붉은 피를 물고 널브러져 있었다 꼬리를 길게 끌고 지나가던 저녁 해가 서녘 이마를 짚으며 혀를 껄껄 찼다 그때 피맺힌 목소리 한 짐 부려 놓고 북으로 떠나던 완행열차는 목이 터져라 쉰 기적을 울리며 터널을 빠져나가고 있었다 다리를 절룩이며 뒤따르던 늙은 구름이 서녘 굽은 등을 가만 가만 쓸어주었다

나는 바다에 불을 질러버렸다 푸른 슬픔이 파도치던 내 가슴으로 불길이 옮겨 붙었다 풍을 맞고 떠 있던 폐선 한 척 하반신을 물속에 뺏기고 방파제에 머리를 처박았다 술 취한 사내가 술렁이는 밤바다를 앞자리에 앉혀놓고 절망의 다리를 물어뜯었다 시뻘겋게 타고 있는 불길 속으로 부러진 길을 던져 넣었다 바다를 다 태워버렸다 불타오르는 바다 끝자락을 잡아당겼다 아버지 길 한복판이 뚝 부러졌다 온 세상이 정전이었다

흑진주

네가 내게 건너오기까지

얼마나 많은 어둠을 굴리며 왔을까

파도치는 슬픔을, 말랑한 눈물을, 까칠한 별빛을

굽이굽이 애오라지 흘러온 강물의 비린내를

밀물과 썰물 받아 쟁이며 건너왔을

뜨거운 화엄의 길

수억 겹 인연을 밀어내고 싸안다 철썩이었을 길

속살은 또 얼마나 저미고 베이었을까

모가 깎이고 둥글어지기까지

바다는 눈부신 어둠을 꽃피웠다

세속의 잣대로 읽는 흠집투성이

품어온 것이 다 길이 되는 흔적들

고스란히 받아 안은 바다의 상처가 꽃이다

흠 많은 흑진주의 사랑이 나를 흠 잡는다

숭숭 구멍 뚫린 내 안의 길

사랑의 능선을 돌아온 비단길

어둠을 굴리고 굴려 찾아온 연금의 길

세상 바다를 다 품고 찾아온 상처의 길

뭍으로 통하는 어둠의 눈동자를

나는 너를 바다의 사리라 부른다

사람 책

― 난독증

천 개의 고원을 펼쳤다 차례를 쭉 훑는다 늘 목차 근처에
박힌 옹이에 걸려 넘어졌든가 그 다음 페이지에서 진로를 변
경했든가 본문으로 진입하는 길목에 우뚝 선 낯선 고원 탓만
했든가 서문 그 다음 페이지에서 철컥 차단기가 내려와 덮어
버리기 일쑤였다

천 개의 얼굴이 돋는다 사람 속 목차에서 맴돌았던 진도 늘
그 자리 본문 진입은 않은 채 천의 얼굴을 덮었다 외면당한 고
원들이 책장을 걷어차고 나갔다 난이도 탓만 했던가

돋보기를 썼다 진심을 당겨 헛돈 시간을 읽는다 행간마다
엉성한 관계가 쏟아졌다 빈 마음 들고 자물쇠 근처를 맴돌았
든가 속내 읽은 문장이 서둘러 페이지를 물렸다 읽다 만 페이
지 토라져 돌아앉아 있다 접힌 상처를 펼쳐 읽기가 쉽지 않다
늘 초면인 듯 아랫줄 읽다 윗줄 까마득하다

읽기 어려운 사람 책 시집도 소설책도 아닌 월간지 계간지
도 아닌 곁에 두고 늘 볼 필독서도 아닌 띄엄띄엄 심심풀이로

꺼내보는 가십거리도 아닌 이런저런 표지만 오래 본 사이 기
승전결 차례 줄줄 꿰차고 본문은 캄캄한 사이 잘나가는 출판
사와 저명한 지은이만 알고 있는 사이 그 사이에서 한 발짝도
오도 가도 않은 사이 목차에만 머무는 사이

　정독 탐독 오독을 읽다 오늘도 완독을 밀쳐둔다

별의별 꽃 축제

새침떼기별 풀푸레레별 버들강아지별 버들치별 털봉숭아별 자운영별 네잎클로버별 잠자리별 투덜이별 별의별이 내 가슴으로 와 반짝인다

활짝 핀 수국 곁에 아홉 별을 앉히고 사진을 찍었다 보육원 마당 끄트머리에 핀 야생 민들레가 노랗게 웃고 있었다

함부로 핀 꽃은 없다 아무도 허리 굽혀 들여다 보지 않았다 깔깔 맞장구쳐주지 않아 텅 빈 웃음꽃 어둠을 피워 올린 허공 꽃 지천으로 떨어져 굴렀다

별을 싼 어둠을 풀었다 별들이 제 어둠을 줄넘기로 말아 하늘 끝까지 빙빙 돌렸다 가끔 허기진 사랑도 벗어날 수 있었다

기억 속 희미한 가족을 내동댕이치던 아버지를 넘기고 버리고 줄행랑친 어머니를 넘기고 슬픔을 떠넘겼다 구름이 달려와 박수를 치고 바람이 잘했다 머리를 쓰다듬었다

끈 떨어진 연 닻을 잃은 무동력 배 줄 없는 두레박 어처구
니없는 맷돌이 동성원*을 들었다 놓았다

저물녘 풍경이 반짝 흰 이를 드러내고 따라 웃었다 창문에
과일처럼 얼굴들이 열렸다 마당가 수국이 더 밝게 벙글었다
하늘이 한 발 더 낮게 내려왔다

사람이 꽃보다 아름답다는 노래가 흥얼흥얼 집까지 따라
왔다

* 부산시 금정구 소재 보육원.

그늘을 팔다

아버지를 팔고 어머니를 팔고 언니를 팔고 오빠를 팔고 성을 팔고 족보를 팔고 인맥을 팔고 동창을 팔고 팔 수 있는 것은 다 팔았다 돈 안 되는 것만 팔았다

팔 수 없는 것들이 내 발목을 잡았다 졸업장 자격증 학맥 고향 선산무덤

소를 팔고 돼지를 팔고 친구를 팔고 이웃을 팔고 딸을 팔고 아들을 팔고 평생을 송두리째 탈탈 털어 다 팔아먹었다

줄이거나 늘이거나 삶거나 굽거나 튀기거나 깎거나 씌우거나 묶거나 떼거나 찌거나 째거나 팔아먹는 방법도 각양각색 물리지 않게 팔았다 그늘 사업이 날로 번창했다

가방 사고 옷 사고 집 사고 논 사고 밭 사고 장가가고 시집가고 여행가고 그늘을 껴입었다

평생을 팔아도 남은 질긴 그늘, 아름다운 유산

내가 꿈꾸는 세상은 모두 반대편에 있다

베란다에 벤자민 고무나무 겐자 행운목 소철 연산홍이 자기만 한 화분에 자기만 한 세상을 담고 자라고 있다 그 나무들 사이 나도 한 그루 온실 속 나무가 되어 창문 밖 세상을 보고 있다 산속의 나무를 향해 내 어깨가 날마다 기운다 내 키보다 웃자란 꿈을 매달고 마음의 발을 산자락 속으로 뻗는다 화분 속에 웅크린 관절을 편다 산속 엽록의 물관이 내 체관을 따라 돈다 내 몸속을 아차산 정상이 옮겨와 산속에 자라는 나무 쭉쭉 가지를 뻗는다

도도한 산줄기 앞산 8부 능선이 내 품속에 뛰어든다 가뭄 든 가슴에 한 줄기 소나기가 말발굽 소리를 내며 지나간다 빈혈의 가슴에 링거를 꽂는다 문을 닫으면 세상 바람 소리 그립고 문을 열면 천둥 소리가 반대편 세상에 서 있다 한발 옮겨 갈 수도 옮겨 올 수도 없는 산속의 세상을 날마다 꿈꾼다 내가 꿈꾸는 세상은 모두 반대편에 있다

계명암 가는 길

무임승차로 올랐다

나를 기다리던 돌층계가 아래로 내려가고

산자락에 매달린 길을 잡고 절집 품속에 들었다

한자리에 서서 노승이 된 가문비나무가

두 손을 잡고 스님보다 먼저 맞아주었다

염불 알아듣고 귀가 열린 배롱나무 우듬지가 환했다

먼저 귀를 연 것들이 별을 품고 있었다

염불 소리가 내 마음을 끌고 법당으로 올라갔다

관세음보살옴마니반메옴······

깊은 강물 소리로 건너왔다

속을 비운 목어가 제 가슴을 치고 있었다

제 속울음이 마을 아래로 내려가는 게 보였다

넝마가 된 내 영혼을 몇 번의 헹굼질을 거쳐

구겨진 슬픔을 펼쳐놓았다

햇살이 잠시 상처 모서리를 읽고 지나가자

내 눈에서 아픈 별이 떨어졌다

나뭇잎이 몸을 열어 내 별을 품어주었다

눈물이 지나온 길 끝에 탑이 서 있었다

탑 속은 따뜻한 내 눈물을 기억했다

내가 풀어놓은 강이 흐르고 있었다

제비꽃 피어 무너진 돌담 온몸으로 버티고 있었다

고목 가지가 다 죽비로 보였다

잎 틔우지 않은 욕망 지고 절집 돌아서는 내 어깨

힘껏 내리쳤다

무덤에 갔는데요

공원묘지에 갔는데요
바퀴벌레처럼 기어갔는데요
땅속으로 차오르는 달을 보았는데요
하늘에는 어둠에게 반쯤 물어뜯긴 낮달이 떠 있었는데요
줄을 서 있는 무덤이 반달이라고 생각했는데요
살아서 뜯긴 살점이 땅속에서 돋아나고 있었는데요
무덤가에 핀 제비꽃이 이제사 알았냐고 피식 웃었는데요
나는 부끄러워 캄캄한 무덤이 되었는데요
나머지 반쪽 달을 땅속에서 찾아내기까지 반생이 걸렸는데요
이슬을 덮고 잠든 묘지의 아침을 햇살이 깨우고 있었는데요
무덤은 앙상한 갈비뼈에 걸린 어머니 젖무덤이었는데요
나는 비린 젖 내음을 따라 한없이 빨려 들어갔는데요
죄수복을 훌렁 벗어 던지고 막 출감한 죄인을 만났는데요
새 무덤 하나 봉긋하게 짓고 있었는데요
살아서 월세방 전전하다 죽어서 봉분 하나 차지하는데요
집으로 돌아와 현관문을 열었는데요
문이 안에서 철꺽 잠겨버렸는데요
간수는 자물쇠를 채우고 뒤돌아보지 않고 가버리는데요
사방은 주검을 껴안은 무덤인데요

끈 타령

끈 놀이에 빠졌다 탯줄을 끊는 순간 맨 처음 해 본 놀이다 새끼끈 노끈 지끈 고무줄 두레박 허리끈 치마끈 가방끈 끈이 란 끈 다 끊어봤던 끈이 달려왔다

내 배꼽에 매달린 탯줄을 끊는 순간부터 평생을 끈에 매달 려 살았다 이 세상 사람들 어머니 치마끈 풀면서 태어났고 아 버지 허리끈 풀면서 아내 치마끈 벗어날 수 없었다

목숨 줄 놓는 날이 끈 놓는 날이다 끈 숭배자들이 나날이 태어났다 끈의 자식들이 줄줄이 끈에 매달렸다 날로 끈이 번 창했다 끈끈한 끈들이 지배하는 세상이 도래했다

매고 끊고 잇고 끈에 목매달고 끈덕지게 살았다 질기고 튼 튼한 노끈에 줄줄이 허리춤에 꽤 찼다 세세 만만년 줄줄이 끈 을 살렸다 학연 인연 줄줄이 살아났다 아침저녁 넥타이로 일 생을 묶는 끈 놀이 끈 타령

배꼽이 맨 먼저 부른 노래다

소문

말이 달린다, 하더라 건너,

　　　카더라 건너, 들었다 건너,

　　　　　발 없는 말이 천리를 달린다

　　입을 맞추기 무섭게

　　　　꼬리에 꼬리를 물고 바통을 쥐고 달린다

　　　　　　　　트랙을 몇 바퀴 돌자

가속이 붙는다 말이 말을 낳는다

　　　어린 말 늙은 말 교활한 말,

　　　　　말들의 잔치 난무하는 론,

　　　　　　　말의 말석에 앉아

귀를 세운다 귓바퀴를 뗀다

　　　귓바퀴로 투원반 던지기를 시도한다 빙글

　　　　　　빙글 말을 돌린다 은유

환유 제유 화려한 수사의 닻을 얹고 말꼬리에 매달린다 말씀
이 꼬리에

　　　　　　꼬리를 물고 달린다 어

라하! 지구 끝까지 내몰린다

꼬리 떼고 목 쳐내고 팔 다리 다 잘라내고

                                     몸통만 달리는 말 무섭게

게거품 문다 삿대질 오간다

         똥바가지 퍼붓는다

                     시시비비 말장단 맞추던 입 사라지고 말

만 동동 뜬다

                                           귓바퀴에

걸린 혀를 뽑아 빙빙 돌린다

         힘껏 던진다

일웅도,

맹지,

바다는 저 넓은 여백을 어떻게 처리할까

마침표 하나 담담하게 찍어놓고 종일 말이 없다

수심이 너무 깊다

맹아,

종일 그대 생각에 출렁거렸다

물마루가 빚은 도요등 맹금머리등 백합등 다대포 몰운대 진우도 신자도 장자도를 내 사랑 오지에 띄워놓고 지척이란 말이 이렇게 까마득할 때가 있단 말인데

명지,

사랑의 끝물, 그대 사는 마을의 뿌리를 간곡히 거머쥔 일웅도

사랑의 방점,

애벌레

세상은 온통 감옥이었네 내 집은 아득했네 푸른 밤마다 별들이 꿈을 헤아리다 돌아가고 햇살이 한나절을 내 등을 타고 놀았네 짓궂은 바람이 내 치맛자락을 들출 때마다 주름투성이 내 마음이 골이 패이기 시작했네 배추밭에서는 배추가 되고 무밭에서는 무가 되었네 내 작은 입으로 배추밭 한 귀퉁이를 조금씩 갉아먹기 시작했네

감옥이 휘청거렸네 마음의 주름살이 깊어만 갔네 나는 한세상 자투리 꿈만 파먹고 살았네 세상의 배추밭은 다 날아가고 빈 세상만 남았네 내 생의 한 모서리가 기울기 시작했네 아득한 세상은 감옥이었네 장다리꽃도 배추꽃도 피지 않았네 내 세상에 갇힌 내 몸을 찢어발겼네 가시밭 세상에 맨발로 뛰어내렸네 찢어진 겨드랑이에서 날개가 돋아나기 시작했네

짐

등 돌린 외면을 펼친다
무거운 응어리를 푼다
낙타 등에 솟은 고독한 혹,

대대손손 울울창창 묶은 짐,
짐이 짐을 진다
엉거주춤 엉겁결에 반 짐이 온 짐 된다
이 궁리 저 궁리 내릴 짐칸만 찾는다
무등을 타고 놀았던 따뜻한 등이 꿈틀거린다

짐을 찾는다
이 집 저 집 내돌린 만신창이가 된 짐이
짐만 덩그러니 앉아 지게만 기다리고 있다
성냥개비를 놓고 민화투를 치거나 장기를 두거나
불꽃 다 당겨버린 성냥개비처럼 눅눅했다
버리고 찾아가지 않은
버림받은 짐이 보관되어 있는 양로원
390106~수인번호 은팔찌가 반짝거린다

간간 폐기 처분된 빈자리가 보일 뿐이다

짐을 들어낸다
구덩이를 파고 짐을 심는다
한 짐 장조카가 태어났다
순례다

폐선

푸른 신호는 짧았다 건널목에서 봄날 속으로 진입하지 못
하고 갇혀 버렸다 바람맞은 아버지 저문 길을 끌고 불빛을 찾
아 나섰다 흔들거리는 걸음걸이 재촉하는 차들은 경적을 울
렸다 아버지는 바람의 끝을 잡고 파도에 몸을 맡긴 채 흔들리
고 있었다

겨울 밤비가 하반신을 끌고 가는 기울은 어깨 위로 쏟아졌
다 야속한 바람은 젖은 옷 속을 밀물과 썰물로 한 점 온기마저
털어 내었다 심술궂은 파도가 한쪽으로 기운 어깨를 방파제
쪽으로 떠밀었다 멍투성이 어깨를 문질렀다

선술집 파리똥이 점자로 박혀 있는 달력 속 나체 모델이 술
한 잔을 권했다 지지직거리는 고물 라디오에서 배호는 숨이
차고 목이 쉬어 돌아가는 삼각지가 더 이상 돌아가지 못했다

실을 미래도 없는 늙은 아버지 술집 내부를 기웃거렸다 간
간 만선의 안부를 묻고 가는 눈썹 갈매기가 아픔의 날개를 들

추고 돌아갔다 방파제도 없는 세상 한가운데서 이리저리 떠
밀리고 있었다

제4부

다림질

풀어놓은 넥타이가 목을 조였다

허물어진 돌담으로 누웠다가

구겨진 와이셔츠는 잠을 이룰 수 없었다

잠 속에서도 호주머니 안 우글거리는

세금 고지서가 단잠을 파먹었다

허전한 가슴을 덮은 솔기가 자꾸 미어지고

자존심은 가는 곳마다 구겨졌다

낮술에 기대어 돌아오는 발걸음은

중심을 잃고 갈지자로 흔들렸다

낡은 창틀에 걸린 일그러진 태양

8부 능선까지 떴다가 가라앉자

시접으로 꼭꼭 봉한 슬픔이 쏟아졌다

깊은 절망을 끌고 산 번지를 오르던

내 뒤를 따르던 그림자도 숨이 차올랐다

사람 냄새 진동하는 다저녁

골목으로 보채는 아이 울음 굴러다니고

나는 전봇대에 전단지를 붙였다

구겨진 길 위로

뜨거운 사랑이 지나갔다

수선집 근처

의수족 아저씨는 십 수 년째

주일만 빼고 수선 일을 했네

나는 팔 부러진 우산을 들고 찾아갔네

허름한 문이 굳게 닫혀 있는

단골집 돌아서다 어둠 속

우두커니 서 있는 입간판에게 물었네

수척한 얼굴로 속사정을 털어놓았네

꺾어진 골목으로 어둠 몇 장 굴러다니고

영문을 모르는 바람이 틈새를 드나들고 있었네

맞은편 산뜻한 수선집 미싱 요란하게

푸른 하늘을 박고 있었네

찾아준 은혜 잊지 못할 겁니다

헛걸음하게 해 죄송합니다

삐뚤한 글씨체가 손잡이 근처 붙어 있었네

나는 발길을 돌려 건널목에 섰네

의수족 아저씨가

손때 묻은 연장을 메고 걸어가고 있었네

누가 맡겼다 찾아가지 않은 낡은 가방에

망치, 칼, 가위, 쓰다 남은 실, 지퍼, 우산대 몇

땅으로 기우는 어깨 위에서 강물 소리가 들렸네

아저씨가 자꾸만 되돌아보았네

신발 밑창에 친 못처럼 총총 박혀 있는

별을 올려다보며 헛기침을 했네

수선집 근처 굵은 주름살 떨어져

뒹굴고 있었네

88부동산

미분양된 여름 하늘을 특별 분양합니다
덤으로 북두칠성과 오리온자리는 옵션입니다
한 번 받은 분양은 해약할 수 없습니다
선착순 무상입니다
지금 서둘러 신청하십시오

그녀는 운 좋게 여름 하늘을 분양받았다 덤으로 북두칠성
과 오리온자리까지 품고 집으로 돌아와 잠 속에서 이전등기
를 마쳤다 잠배가 불러와 잠을 깼다 잔챙이 별들이 소리 없이
따라와 이불에 총총 떴다 지고 얼마 후 여름 우기는 선택사항
에서 빠뜨린 게 우환이었다 정동진 해돋이와 서해 해넘이까
지 덤으로 얹어줄 때까지는 마냥 억만장자 안 부럽다 우쭐거
렸다 노을의 혓바닥이 바다 가장자리를 어르고 달래고 놀다
돌아갔다

하늘이 깜깜할 무렵 제정신이 잠시 들어왔을 때는 이미 먹
구름이 몰려왔다 우르르 쾅쾅 천둥번개가 안방 건넌방을 맨
발로 휘젓는 순간이었다 출렁이는 억만장자의 꿈은 한방에
날아가고 잠을 덮은 이부자리가 흠뻑 젖었다 북상하는 구름

이라도 잡아타고 오르고 싶은 하늘 귀퉁이에서 자투리 잠에 매달렸다 한 가닥 회오리바람을 잡아당겼으나 툭 걷어차였다 길거리에 헛바람 잔뜩 들여 마신 비닐봉지가 바람을 따라 구석으로 내몰리고 있었다 나무가 쓰러지고 축대가 무너지고 집이 매몰되었다

폭풍이 불고 소나기가 쏟아지고 물난리가 나고 재방이 터지고 이재민이 늘어나자 속수무책이었다 후릴 방책을 따라 88부동산에 매물이 쏟아졌다 무상분양 무상임대 즉시 입주 가능합니다 양도소득세 등기이전비 완전 면제 땅, 땅, 땅 큰 소리 치고 살 수 있는 좋은 기회다 잔여분 특별 분양이라는 방을 붙였다

땅거미

그 남자는 땅거미다
간경화 판정을 받고 몇 년째
방바닥에 엑스레이를 찍고 있다
우렁이 각시 같은 아내는 밭일을 가고
불러오는 오줌배가 남산만 하면
지독한 지린내가 현관문 앞까지
맨발로 나가 어진 아내를 기다렸다
불안한 미래만큼 헛구역질이 잦아지고
복수가 만월로 차올랐다

땅거미를 입은 허물이
녹슨 빨래집게를 잡고 매달려 있는 마당가
숨죽인 바람도 침을 꼴깍 삼켰다
링거액이 숨어버린 정맥을 자주 놓치고
아차 하면 풀썩 놓아버릴 불안한 오후
숨소리가 가릉가릉 보일러 돌아가는 소리보다
더 커지고 어진 아내 쉰 울음이
이웃집 담장을 월담했다

간암 말기 그 남자 물배 가득
슬픔을 저어 내리막길 달려갔다
빗길을 뚫고 가속으로 달려온
119 구급차에 땅거미 실리어 가고
그 남자를 따라가던 대문이
마을 어귀에서 풀썩 주저앉아 버렸다
그 후 슬픔을 굳게 다문 아내가
수북한 어둠 쓸고 또 닦아내었지만
땅거미 떠나고 찍다 만 필름에는
불안한 시간이 아무렇게나 현상되었다

프로크루스테스의 침대

맞춤 침대만 주문 생산입니다
푹신푹신 통통 튀는 스프링은 기본
멸균 향균 기능까지 갖춘 영원한 수면을 보장합니다
100%의 만족을 장담합니다
사용한 후 환불이나 불만 제로
1%의 불순물도 허용하지 않는 만족이
흠이라면 흠입니다

영원히 쭉 붙박이 침대라는 결점이 있다는 건
사전에 명심해야 할 사항입니다
에이스 실리 대진 설타 기타 등등
당신의 각양각색의 잠에 불만이 많으신 분은
최상의 만족을 보장합니다

자 지금부터 슬슬 세팅해 볼까요
그 어떤 잠버릇도 원하는 대로 세팅이 가능합니다
당신의 잠을 눕히기만 하면 세상의 졸음은 한달음에 달려와
불면이란 불면은 쥐도 새도 모르게 사라집니다
짧으면 늘리고 넘치면 잘라드립니다

늘 얇은 수면 장애로 고민하셨다구요 특별 재단사가 당신
의 잠을 재단할 겝니다
코골이 만성 방해꾼도 이갈이 갈갈이도 한방에 해결하는
전지전능한 침대가 당신을 기다리고 있습니다
누에가 고치에 든 한잠을 찢고
밤만 되면 고래 등을 짓다 허물던 선잠도 허물고
노숙자가 자기 몸을 말아 자는 한뎃잠도 펼치고
전철 속 접었다 펴는 쪽잠도 눕히기만 하면
안성맞춤으로 잠자리에 듭니다

새벽 일터로 실려 가는 사람들 쪽잠이 간이 침대를 접는지
얼굴을 찡그리며 지하철 노선을 힐끔 올려다봅니다
전능한 재단사가 푸른 가위를 들고 수험생의 졸음을 올렸다
새벽 지하철 쪽잠을 쭈욱 늘이고 있을 때
다음 내릴 역은 대박역,
꿈의 꼬리를 뚝 자르는 안내 방송
침대는 이미 품절입니다
불온한 당신의 잠을 거절합니다

차이

언덕배기 아래로 쏜살같이 내달리다 우체국 오른팔이 살짝 내려놓은 우체통 앞에서 연애편지가 끊기다 싱싱한 종아리가 또각또각 젊음을 찍어놓은 대학교 정문에서 철든 젊음이 꺾이다 체납 통지서 연일 독촉장에 시달리는 세무서 앞에서 지갑이 꺾이다 당당한 이름 석 자 등기소 지나다 등기필증이 꺾이다 코를 훔쳐가는 제과점 앞에서 허기가 꺾이다 동그라미 빵빵 하염없이 그리는 손목이 은행 창구 앞에서 통장 잔고가 꺾이다 평생 뼈를 묻은 직장에서 실직 가장인 그의 목이 푹 꺾이다

꺾인 것들에는 햇살에 베인 흔적이 뚜렷하다

속이 까맣게 여물어가는 해바라기가 목을 꺾다 누렇게 익어가는 벼가 고개를 꺾다 낭창낭창한 사과나무 가지가 푹 고개를 숙이다 키 큰 수수가 고개를 다소곳이 아래로 숙이다

스스로 목을 꺾는 것들에는 그늘이 없다

사과를 깎다

지구본을 돌린다 빙글빙글 새겨진 길을 풀어낸다 걷어낸 길 끝을 잡고 지중해 건너 아메리카 건너 칼끝을 따라 세상 구석구석 찾아 나선다 지중해에 떠 있는 녹음 우거진 섬 한복판 푸른 눈빛 찔러 넣는다 오래 엎드려 있던 휴화산 용암이 허기진 사랑으로 흘러들기 시작한다 심근경색을 앓던 실핏줄은 내 몸속의 길로 새 지도를 들고 쿵쾅쿵쾅 힘차게 뛰기 시작한다

카리브해를 건너 지중해를 돌아 거미줄처럼 얽힌 길을 따라 트랙을 돌았다 잘 익은 사과의 속살을 한 입 베어 물었다 새콤한 연초록 슬픔이 터져 나왔다 작살을 던지는 소낙비가 쏟아지고 구멍 숭숭한 낙엽이 바람을 몰고 골목을 달려나왔다 풀어놓은 갈래길이 내 푸른 슬픔을 파먹으며 투명한 사랑에 갇혔다 조그마한 사과 한 알 속에 세상 지도를 쥐고 있는 사과의 근육을 보았다

이식

재활용 센터에 갔다

장기이식을 기다리는 고물 전자제품들이

푸석한 얼굴로 나앉아 있었다

치매를 앓는 노인의 기억을 되찾아 주듯

잃어버린 길 한복판에서 주파수를 맞추었다

녹슨 나사를 풀고 심장을 덮은 커버를 벗겨 내었다

두껍게 앉은 슬픔을 걷어내고

희미한 추억을 더듬어 나갔다

세상의 눈과 귀를 끌어당겼던 가슴은 싸늘히 식어 있었다

촘촘히 박힌 사랑의 회로는 멈추어 서 있고

풍을 맞은 선풍기와 눈을 잃은 사진기가

서로의 상처를 보여 주었다

굳은살 박힌 손길이 어둠 속에 끊긴 길을

이으며 30촉 알전구 스위치를 올리고 있었다

작업복 무릎에 앉은 납똥을 문지르며

고지서에 등이 휜 이씨는 지는 해를 잡아당기지만

어둠이 가게의 문을 끌어내렸다

공치고 빈손으로 오르는 산동네 44번지

집 밖까지 마중 나온 아기별이 눈물을 글썽이며

겨울 문밖에서 서성이었다

복개천 난간에 허리를 기댄 자전거가 중심을 잃어

등뼈가 부서진 채 가게 구석에서 신음하고 있었다

청진기를 든 의사처럼 나사를 조이고 풀면서

연신 땀을 훔쳤다 콘센트에 플러그를 꽂으며

가슴에 품은 꿈도 함께 풀고 조이기를 반복하면서

한순간 나가버리는 퓨즈를 수없이 갈아 끼웠다

전원 스위치를 넣자 화면 가득 망가진 얼굴들이 모여들고

멈추어 섰던 세상의 길들이 달려왔다

콩나물

검은 보자기 아래 싱싱한 물음표들

눈부신 푸른 질문지 뽑았다

답이 궁한 나는 뿌리를 싹 뚝 잘랐다

희망 절망 슬픔 사랑 세상 시류를 읽는다

어제 풀다만 난해한 질문과 내일 똑떨어지지 않는 답 사이

한 웅큼 물음의 뿌리를 잘라도 물음으로 차오르는 앞날

끝임 없는 물음으로 꼬리에 꼬리를 무는 내일, 더딘 발아

파업

　겨울 내내 폭설이 내렸네 숲으로 닿는 길은 미끄러웠네 언제나 나는 아슬아슬하게 걷다 미끄러져 깨어진 상처를 안고 겨울 한복판에서 한 발자국도 나아갈 수 없었네 세상 빙판길 티눈으로 박인 절망을 따뜻하게 덮어주는 이끼만이 유일한 내 편이었네 겨울 짧은 햇살이 잠시 언 길과 맞서다 빙벽에 머리를 찧고 돌아서는 뒷모습을 보았네 나는 머리 끝까지 폭설을 덮어쓰고 고집 센 그리움을 달래다 겨울 얼음보다 차가운 빙산에 갇혀버렸네

내 사랑 월내,

연지 못 푸른 물에 막 목욕을 끝낸 달이 달음산을 낳았든가

그리운 일광을 품었든가, 해를 품은 달이든가, 달을 품은 해든가

밤만 되면 연지 못에서 찰방찰방 뒷물을 하든가

임랑 일광 앞바다 은빛 윤슬이 월내를 찾아 맨발로 뛰어다니든가

망을 보는 해안선이 굴뚝, 꿀꺽, 마른침을 삼키든가

바다보다 더 품 넓은 일광의 사내 낭창낭창 월내 허리 품었든가

달음 정수리로 눈썹달 초승이 태어나고 두둥실 상현달 태어났든가

보름달 무리 은은한 치맛자락 밟으며 둘레길 도란도란 사랑의 능선으로 접어들든가

천년만년 생의 수레바퀴를 밟는 초승달 상현달로 차올라 보름달이 되었든가

보름달 하현달로 기울고 깜깜한 그믐에 들면 마음 잠긴 어둠도 비웠든가

소박한 해안을 손에 들고 달리는 동해남부선 열차가 월내

역 저고리 고름을 풀었든가

　동네방네 입소문을 돌리는 파도가 풍금의 하얀 건반을 맨발로 뛰어다니든가

　푸른 해안이 마음속 깊이 까맣게 묻었던 사랑의 악보를 짚어주든가

　마을 아래에는 아시동생을 기다리는 어린 파도가 풍금 반주에 맞춰

　아우야 아우야 노래를 부른다든가

　온 세상길 마음길 파릇파릇하게 돋은 사람꽃 앞장세워 일광까지 걸었든가

　일광 붉은 등대가 맨발로 마중 나왔든가

　푸른 고래 목 터져라 월내여! 부르든가

비를 따라가다

창밖, 아스팔트 위로 검은 음표들이 쏟아졌다
하얀 오선지 위로 앵콜앵콜 기립 박수 터져 나왔다
슬픈 음표들은 일제히 거리로 뛰쳐 나갔다

거대한 지구가 악기를 들고 연주를 시작했다
몰도바의 물결을 밟으며 왈츠를 추던 그녀,
옥편, 검색창에 '비'를 쳤다

견줄 比 갖출 備 아닐 非 비평할 批 날 飛 슬플 悲 숨길 秘
비수 匕 비상 砒 덮을 庇 아닐 匪 끓을 沸 저릴 痺 비방할 誹
쭉정이 秕 클 조 도울 裨 고달플 憊 팔 臂 아름다울 斐 도울 毗
쭉정이 粃 수많은 갈래의 빗줄기가 쏟아졌다

산성비 이슬비 보슬비 는개비 장대비 부슬비 안개비 가랑
비를 맞는다

비인간 비호감 비아냥 비린내 비밀 비리 비극 비상 비하 비
통 비보호 비상구 비실 비리를 피해 비 뒤에 숨는다

꽃비 금비 은비 옥비 나비 녹비 죽비 곡비 비(禪) 속으로 든다

나, b를 따라 빗줄기를 기어오르기 시작했다

구서동 신(新) 서동요

    겨울 하늘의 따뜻한 별들만 불러 모아 사랑이란 이름의 군고구마 굽고 있는 그 부부를 본 적이 있는지요

    가파른 겨울 언덕길 한켠, 남루한 중년의 부부가 나란히 서서 군고구마를 굽고 있었습니다 산을 밀어내고 금정산 8부 능선까지 들어선 산 같은 아파트 군(群)으로 오르는 그 길은 성골을 꿈꾸는 이 동네 사람들의 꿈자리만큼이나 위험한 수직에 가깝고, 바람은 언제나 산 번지에서 사람의 번지로 차갑게 불어오는 구서동,

    환하게 불 밝힌 상가 그 가까이에도 가지 못한 채 어둔 언덕길 위 돌멩이로 남아 손수레 받쳐 놓고 군고구마를 굽고 있는 부부, 나는 백제 서동과 신라 선화공주가 세상 구경 나왔으리라 믿으며 그 부부를 구서동의 사랑이라 불러 봅니다

    고급 승용차를 탄 진골들 눈길 한 번 주지 않은 채 지나가 버리는 이 밤, 고층 아파트 넓은 평수의 방들이 누구도 보아주

지 않는 쓸쓸한 불을 밝힐 때 보세요 지아비는 지어미의 사랑의 불이 되고 지어미는 지아비의 따뜻한 울이 되는 사랑을, 마주 잡은 서로의 손만으로도 구서동의 겨울밤은 춥지 않나 봅니다 나는 한 번도 그들이 웃음 잃은 얼굴을 보지 못했습니다 오늘밤에도 그들 부부에게서 서동이 나누어 주었던 사랑의 마 한 봉지를 얻어 추운 내 방 한 칸으로 이어지는 절벽 같은 오르막길 힘차게 오릅니다 겨울밤,

이 하늘 아래에는 영혼의 차가움으로 잠들지 못하는 사람들이 있겠지요 넓어서 더욱 황량한 평수에서 찬바람에 등시린 겨울을 안고 사는 사람들도 있겠지요 어디 가진 자의 자리만이 행복인가요 가진 것 없어 빈손인 사람의 사랑도 따스한 자리를 만들 수 있다고 중얼거리며 가파른 길을 오르는 내 귓가로 들리는 노래 추운 세상 사랑이 있다면 그것만으로도 따뜻하다고 그들 부부가 부르는 구서동의 새로운 서동요가 온 세상을 포근히 덮는 푸짐한 눈으로 내려 쌓이기 시작했습니다

에부수수 잠깬 아이들이 받아 펼치는 종이 봉지에는 군고 구마 대신 겨울 별 같은 그들 부부의 서동요가 가득 차 있었습니다 사랑이란 이름으로 시리도록 빛나는,

국화의 향변

국화의 향변은 헛웃음이다

활짝 핀 국화가 죽음을 에워싸고 있었다

멀리 있는 상주보다 먼저 도착한 뿌리 잘린 국화

싱싱한 슬픔이 고인의 슬픔을 껴안고 어설픈 향변을 늘어
놓았다

하직인사 답례로 핀 활짝 눈속임 이쯤

망자의 사진 앞에서 국화는 애써 향변이라도 하는 듯

저렇게 자기를 활짝 피운 꽃의 배후가 무섭다

허망한 슬픔도 고달픔도 속성으로 포장될 수 있다

저 꽃 시들고 나면 슬픔의 늪 천리 밖이랴

예행연습이 없는 죽음의 방식을 향변하는 국화꽃

도둑과 같이 온 이별 여행, 그 세계에 대해서

아무도 왈가왈부 하지 못했다

모두가 흑의,

백의로 앉아 국화의 향변에 묵묵부답이다

명랑한 슬픔
— 전다형의 시세계

구모룡

1. 생의 역사를 다시 쓰다

촛불과 거울은 표현과 재현을 나타내는 은유로 쓰인다. 자기를 태워 빛을 발하는 촛불의 의미는 다양하다. 그 가운데 존재의 내부를 밖으로 표현한다는 의미가 있다. 시를 쓰는 일도 자기를 표현하려는 욕망에서 시작된다. 표현이란 외부를 그리는 재현과 달리 내부를 밖으로 드러내는 것. 그런데 외부 없는 내부는 없다. 존재의 내부는 외부와의 끊임없는 교섭과정이다. 시인은 내부를 표현하기 위해 필연적으로 외부와 마주하게 된다. 애써 외부를 외면하는 경우조차 내부는 이미 외부와 연관되어 있다. 이러한 점에서 서정시의 기본원리인 자기표현은 단순하지 않다. 시인은 자기를 파고들면서 타자와 세계를 만난다. 이는 타자와 세계를 자기의 것으로 만들거나 자아의 빛

깔로 채색하는 일과 다르다. 앞서 든 촛불의 비유를 들더라도
진공상태에서 빛을 발할 수 없다는 자명한 사실을 알 수 있다.
외부의 산소를 공급받지 못한다면 존재는 곧 소멸하고 만다.
시인의 자기표현 또한 이와 같아서 내부를 파고들면서 그 외
부의 진실을 함께 찾기 마련이다.

　연필을 깎는다 연필깎이 입구에 깊숙이 들이밀고 빙빙 돌린다
어디에 뿌리를 남겨둔 나무였을까 흩어지는 살들의 성체 안에
굳은 심이 보인다 검게 빛나는 질감이 마치 역사 같다 뼈와 살을
여미지 않고 세상을 건넌 사람들은 모른다 깊고 곧은 마음 품을
수 없다

　적당히 눈감고 살아온 생을 연필깎이에 넣어 빙빙 돌린다 톱
날은 신이 나 죄의 비늘을 쳐낸다 물관부의 투명으로 눈뜨고
싶다 뾰족하게 깎은 영혼으로 생의 역사를 다시 쓰고 싶다 연
필이 깎인다 뾰족한 심이 일어나 세상의 허를 찌르는 광휘를
엿본다

— 「연필에 대하여」 전문

　자기의 몸을 태우면서 바깥을 밝히는 촛불이나 몸이 깎이어
심을 드러내는 연필의 운명은 닮았다. 이 시의 화자는 연필을
깎으면서 존재에 대하여 성찰하고 시쓰기를 염려한다. "뿌리"
에 대한 의문은 전다형의 시에서 중요한 주제인데 여기서도
먼저 연필의 몸을 이룬 나무의 뿌리가 궁금하다. 그러나 화자
의 관심은 곧장 "흩어지는 살들의 성체 안에 굳은 심"으로 바
뀐다. 연필이 된 나무의 기원을 묻는 일이 무익하기 때문이다.

사물의 본질은 기원에 있는 것이 아니라 변화의 과정 속에서 형성되는 것이다. 그렇기 때문에 살이 흩어지면서 심이 생성되는 과정이 연필의 본모습인 것이다. 전다형 시인이 지닌 시적 지향은 구체적인 삶을 놓치지 않는 데 있다. 그녀의 주된 시적 대상은 "뼈와 살"로 이뤄진 몸과 마음의 역사이다. 말할 것도 없이 인용시가 그녀의 시법을 말하려는 의도를 지닌 것은 아니다. 1연이 말하고 있듯이 이 시는 연필의 생태에 뼈와 살을 여미고 산 사람들의 "깊고 곧은 마음"이라는 의미를 투사하고 있다. 이 시의 진정한 의도가 담긴 것은 2연이다. 그것은 "적당히 눈감고 살아온 생"에 대한 근본적인 반성이자 지난날에 대한 죄의식을 떨어내고 신생의 투명함과 영혼의 눈으로 진리의 광휘를 보고 싶은 열망이다. 시인은 반성과 신생이라는 두 가지 행위를 동시에 말하고 있다. 반성 없이 신생은 불가능하며 진리의 광휘를 구하지 않는 반성은 단지 존재를 눈멀게 할 뿐이다. 그러므로 "생의 역사"를 새로 쓰려는 의지는 과거와의 단절을 뜻하는 것이 아니라 희망을 잃지 않고 과거를 되돌아보는 일과 연관된다. 여기서 전다형 시인의 또 다른 시적 지향과 만나게 된다. 그녀는 구체적인 삶에 주목하되 그 삶의 기억 속으로 회귀하지 않고 가능성의 지평으로 나아가려 한다. 이러한 그녀의 태도는 삶에 내재한 상처와 고통을 수락하고 그로부터 새로운 생성과 화해의 공간을 열고자 하는 일에 다름이 없다.

　　청어살을 발라먹으며 용서를 생각한다
　　살보다 가시가 많은 청어

가시 속에 숨은 푸른 속살을 더듬어 나가면

내 혀끝에 풀리는 바다

어제 그대의 말에 가시가 많았다

오늘 하루 종일 가시가 걸려 목이 아팠다

그러나 저녁 젓가락으로 집어내는 청어의 가시

가시 속에 감추어진

부드러운 속살을 찾아가다 만나는 바다의 선물

어쩌면 가시 속에 숨은

그대 말의 속살을 듣지 못했는지 몰라

가시 속에 숨은 사랑을 발라내지 못했는지 몰라

오늘 밤 이불 속에서 그대에게

화해의 따뜻한 긴 편지를 써야겠다

가시 속에서 빛나는 청어 한 마리

어느새 마음의 지느러미 달고 바다로 달아난다

                              —「청어를 굽다 1」 전문

「청어를 굽다」는 전체 여섯 편으로 된 연작시다. 이 외에 다른 연작시가 없다는 점에서 「청어를 굽다」 연작에 기울인 시인의 집중을 알 수 있다. 청어는 "살보다 가시가 많은" 등 푸른 고기이다. 시인은 먼저 청어의 "가시"에 주목한다. 가시는 타자에게 고통을 주고 자기에게 상처로 남는 상징이다. 그런데 시인이 추구하는 것은 이러한 죽은 은유가 아니라 "가시 속에 숨은 푸른 속살"이다. 상처와 고통을 통하여 새로운 생성의 장소를 찾으려 한다. 이러한 과정에서 "가시 속에 숨은 사랑"을 깨우치는 일이 중요하다. 화해의 바다가 기적처럼 열리는 것이 아니라 자기와 타자에 내재한 상처와 고통을 함께 인식

함으로써 가능한 것이다. 이렇게 시인은 "내 말 속에 가시를 걷어내고/그대 가시 속에 숨은 말을 찾아" "용서와 화해"(「청어를 굽다 2」)의 길을 연다. 「청어를 굽다 3」에서 시적 화자가 편지 속에서 인용하고 있는 "세파를 거스르는 일은 상처투성이/그러나 상처도 무늬로 남아/아름다움이 될 수 있다"는 말은 시인이 지닌 상처와 고통에 대한 이해가 사적 원한의 문제가 아님을 시사한다. 그것은 "울음의 뿌리"(「청어를 굽다 5」)를 지닌 채 "덧난 상처"(「다시 청어를 굽다」)를 다스리며 "깊고 넓고 마음의 바다"(「청어를 굽다 3」)로 나아가는 삶의 행로와 연관된다. 개인사적인 계기에서 발원한 경험이라 하더라도 시인은 공통의 감각으로 상승시킨다. 전다형 시인이 시를 통하여 다시 쓰려는 "생의 역사"란 바로 이처럼 상처의 "뿌리"를 탐문하면서 화해라는 마음의 시학을 일구려는 여정이라 할 수 있다.

2. 상처의 거처는 어디인가

「청어를 굽다」 연작이 말하듯이 시인은 상처를 거름 삼아 새로운 생성의 자리를 만들려 한다. 그만큼 상처의 경험이 깊고 생성에 대한 의지가 강하다. 시인은 「밝은 안과」를 통하여 뿌리 뽑히지 않는 어둠을 이야기하고 있다. 어둠을 지우려는 의도에도 불구하고 "작은 어둠이 더 큰 어둠을" 낳는 상황에 처한다. 말할 것도 없이 이는 안과에서 겪는 일시적인 사건일 수 있다. 그럼에도 "어둠의 뿌리"를 뽑으려는 화자의 진술에서 "어둠"의 심연이 기억 저편에 놓여 있음을 짐작할 수 있게 한다. 안과 수술대에서 화자가 "흠집 숭숭한 추억"(「바퀴」)을 떠올린 것이다. 이 대목에서 추억을 향한 시적 화자의 태도를 주목하게 된다. 전다형의 시에는 유년에 대한 순수한 동경이나 추억에서 묻어나는 나르시시즘이 억제되어 있다. 대신 "가문의 서러움"(「537번지」)이 묻어난다.

> 아버지는 술독이었다
> 우리 집 가문은 밀주를 빚다
> 뒤채에 매달린 시래기가 되었다
> 부엌 불쏘시개 밑에 숨겨두었던
> 밀주 항아리
> 벌금으로 돼지우리가 비고
> 송아지가 팔려나갔다
> 전기도 들어오지 않던 시골집
> 온 세상이 정전이었다
> 감전된 내 꿈 재가 된 절망을
> 밀주 항아리에 꾸역꾸역 밀어넣고 술을 빚었다
> 잘 익은 술이 아버지를 마시고 빈
> 독으로 가족을 내동댕이쳤다
> 깨어진 꿈 조각의 뾰족 끝이 채칼이 되어
> 푸른 하늘을 품고 잠이 든
> 어린 자식의 단잠을 채 썰었다
> 상처 난 꿈을 파종했다
> 그해 겨울은 내내 폭설이 내렸다
> 늑장을 부리는 봄은 우리 집
> 대문을 지나쳐 갔고 마당 어귀 잡풀은
> 모질게 주저앉아 일어설 수 없었다

상처를 싸맨 슬픔은 덧나
고름이 지붕 끝까지 차올랐다
겨울 한복판 빈 술독 달 그림자 가득
절망이 누룩으로 익어 가는 빈집

— 「아버지의 잔」 전문

  이 시에서 "아버지"의 이미지는 크게 일그러져 있다. 그는 화자의 꿈을 차압하고 깊은 상처와 절망을 남긴다. 이 시가 시인의 체험이라고 가정할 때 그녀는 벌써 유년기에 꿈이 재가 되고 모든 희망이 사라지는 가계의 파산을 경험한다. "절망이 누룩으로 익어 가는 빈집"의 정황은 "기억 속 희미한 가족을 내동댕이치던 아버지를 넘기고 버리고 줄행랑친 어머니를 넘기고 슬픔을 떠넘겼다"(「별의별 꽃 축제」)는 진술을 연상하게 한다. 물론 이 진술은 "보육원" 아이들에 대한 이야기이다. 그럼에도 사물이나 사건에 자신의 감정과 사건을 투사하기를 선호하는 시인의 시법에 비춰 공통의 지평을 상정할 수 있다. 「노을」과 「폐선」은 "아버지"를 "폐선"에 비유한다. 이 두 편의 시에서 "아버지"는 "밤바다를 앞자리에 앉혀놓고 절망의 다리를 물어뜯고" "바람의 끝을 잡고 파도에 몸을" 맡긴다. 시인의 기억 속에 아버지는 희망의 "정전" 사태일 뿐이다. 그렇다면 어머니는 어떠한 모습을 하는가? 시인의 시에서 어머니의 모습을 찾긴 쉽지 않다. 단지 「달팽이」가 슬픈 "어미"의 이미지를 그리고 있을 뿐이다. 이 시에서 "집이 슬픈 감옥"인 "어미"의 운명은 죽음으로 감옥인 집에서 벗어나는 달팽이의 생태에 투사되고 있다.

「537번지」, 「아버지의 잔」, 「달팽이」, 「노을」, 「폐선」 등의 시편은 시인의 기억 속에 가라앉아 있는 불행의식의 흔적들 이다. 상처와 고통은 존재를 연민과 절망으로 이끌기도 하지 만 연민에 빠진 자기와의 결별을 통하여 타자와 세계를 이해 하는 능력을 확장하기도 한다. 다시 말해서 고통의 경험은 타 자에 대한 감수성을 확대한다. 시인이 자신의 상처를 이야기 한다는 사실은 벌써 그것을 극복하였음을 의미한다. 절망의 바다가 생성의 바다로 전환되는 지점에 상처 드러내기가 위 치한다.

> 아버지 푸른 목소리, 당신 소리 품은 그리운 옛집 537번지 사랑 채 딸린 두엄 더미 위 씨암탉 알을 품듯 소리의 알을 품는다 알을 품은 날개가 부푼다 날개 아래 또 다른 날개가 자라 날개가 따뜻 하다 삼삼거리는 모이의 유혹도 따뜻하게 품어준 푸른 목소리 그 소리의 껍질을 깨는 일이다 날개 아래 또 다른 소리 3·4조 7·5조 날개가 돋는다 당신이 못다 품은 소리의 알, 청산리 벽계 수야 쉬이 감을 자랑마라 시조창 일곱 고개
>
> —「소리」 전문

이 시에 등장하는 "아버지"의 이미지는 양가적이다. 이는 아 버지가 부화하지 못한 "소리의 알"을 유업으로 받아들이겠다 는 화자의 태도에서 나타난다. 아버지가 남긴 것이 "가문의 서 러움"이라 하더라도 시인은 그의 "푸른 목소리"를 부화하여 노래를 완성하겠다는 의지를 품는다. 이러한 시인의 입장은 「중교 종묘사」의 결말 부분에서도 잘 드러난다. "마음 앞장 세

워 떠나온 537번지에/푸른 넝쿨 손 뻗어 허공의 길을 묻고 있었다/씨앗 봉투 입구를 뜯어내자/아버지 자전거 바퀴살에 감고 달렸던/봄길이 쏟아져 나왔다". 아버지와의 화해가 새로운 "봄길"을 형성하고 있다.

3. 생성과 화해의 지평을 찾아서

전다형은 「애벌레」에서 시 속의 주인공을 "온통 감옥"인 "가시밭 세상에 맨발로 뛰어내"린 애벌레에 비유하고 있다. 이를 바로 시인의 처지와 등치하는 것은 단순한 독법이다. 그럼에도 연관성은 고려되어야 한다. 앞서 유년의 가족사 이야기에서 시인은 차압당하거나 정지된 희망을 말한 바 있다. 적어도 이 시에서 보이는 애처로운 생명에 대한 시인의 감각은 과거의 기억과 무관하지 않을 것이다.

세상은 온통 감옥이었네 내 집은 아득했네 푸른 밤마다 별들이 꿈을 헤아리다 돌아가고 햇살이 한나절을 내 등을 타고 놀았네 짓궂은 바람이 내 치맛자락을 들출 때마다 주름투성이 내 마음이 골이 패이기 시작했네 배추밭에서는 배추가 되고 무밭에서는 무가 되었네 내 작은 입으로 배추밭 한 귀퉁이를 조금씩 갉아먹기 시작했네

감옥이 휘청거렸네 마음의 주름살이 깊어만 갔네 나는 한세상 자투리 꿈만 파먹고 살았네 세상의 배추밭은 다 날아가고 빈 세상만 남았네 내 생의 한 모서리가 기울기 시작했네 아득한 세상은 감옥이었네 장다리꽃도 배추꽃도 피지 않았네 내 세상에 간

힌 내 몸을 찢어발겼네 가시밭 세상에 맨발로 뛰어내렸네 찢어
진 겨드랑이에서 날개가 돋아나기 시작했네

—「애벌레」전문

　이 시는 "애벌레"를 우의로 삼고 있어 난해하다. 말할 것도
없이 이러한 난해함은 더 많은 의미를 발견하려는 해석자의
욕망에 기인한다. 이 시를 단순하게 변태하는 애벌레의 생태
라고 읽어도 무방하다. 그러나 시인이 다 아는 이야기를 늘어
놓았을 리 만무한 만큼 문맥과 행간을 읽지 않을 수 없다. 이
럴 때 2연의 "내 세상에 갇힌 내 몸을 찢어발겼네"라는 구절이
크게 와 닿는다. 세상이 감옥일 뿐만 아니라 자신의 "몸" 또한
감옥임을 진술하고 있는 것이다. 감옥 속에서 스스로 감옥의
일부가 되었음을 자각하는 일이 어찌 쉽겠는가? 그렇지만 시
적 화자가 말하고자 하는 바는 이러한 자각이다. 이 시는 고난
의 극복, 존재의 전환, 탈각과 비상의 의의를 말하려 한다. 어
둠과 상처와 고통의 기억에 매몰되지 않고 생성과 신생의 가
능세계로 나아가는 자아를 이야기한다. 이러한 이야기는 "넝
마가 된 내 영혼을 몇 번의 헹굼질을 거쳐/구겨진 슬픔을 펼쳐
놓았다/햇살이 잠시 상처 모서리를 읽고 지나가자/내 눈에서
아픈 별이 떨어졌다"(「계명암 가는 길」)라는 진술과 그리 멀리
있지 않다.

　　네가 내게 건너오기까지
　　얼마나 많은 어둠을 굴리며 왔을까
　　파도치는 슬픔을, 말랑한 눈물을, 까칠한 별빛을

굽이굽이 애오라지 흘러온 강물의 비린내를
밀물과 썰물 받아 쟁이며 건너왔을
뜨거운 화엄의 길
수억 겹 인연을 밀어내고 싸안다 철썩이었을 길
속살은 또 얼마나 저미고 베이었을까
모가 깎이고 둥글어지기까지
바다는 눈부신 어둠을 꽃피웠다
세속의 잣대로 읽는 흠집투성이
품어온 것이 다 길이 되는 흔적들
고스란히 받아 안은 바다의 상처가 꽃이다
흠 많은 흑진주의 사랑이 나를 흠 잡는다
숭숭 구멍 뚫린 내 안의 길
사랑의 능선을 돌아온 비단길
어둠을 굴리고 굴려 찾아온 연금의 길
세상 바다를 다 품고 찾아온 상처의 길
뭍으로 통하는 어둠의 눈동자를
나는 너를 바다의 사리라 부른다

―「흑진주」전문

이 시에서 "흑진주"는 시인이 가장 이상적이라 생각하는 존
재의 표상이다. "흑진주"는 어둠, 슬픔, 눈물, 상처 등 자연과
인간이 부여하는 모든 형태의 고난들을 내부로 연단하여 "상
처가 꽃이다"라는 역설을 던진다. 여기서 역설은 단순한 수사
학이 아니다. 이것은 생의 여러 양상이나 생명을 존재하게 하
는 이치를 통합하는 의미를 지닌다. 따라서 역설은 단지 그렇
게 표현하려 한 어법이 아니며 인식과 각성의 차원을 나타낸
다. 그렇기 때문에 화자는 "숭숭 구멍 뚫린 내 안의 길"을 들

여다 볼 수 있을 뿐만 아니라 그것이 "세상 바다를 다 품고 찾아온 상처의 길"로 격상될 수 있는 가능성을 발견하게 된다. 아버지가 폐선처럼 침몰하던 바다는 이제 시인에게 모든 생명을 품고 기르는 기적의 우유와 같다. 그녀가 그만큼 상처와 고통이 아니라 생성과 화해의 지평을 지향하고 있는 것이다.

어린 봄비가 빗금을 그으며 내렸다

세상에는 틀린 곳이 많은가보다

아니다 아니다

회초리 매섭게 후려치던 빗줄기가 어느새

세상 바닥에 닿자마자

맞다 맞다 동그라미를 그렸다

힘내라 힘내라

어수선한 골목길에 쏟아지는 박수갈채

―「봄비」 전문

이처럼 시인은 "빗금"과 "동그라미"의 거리를 뛰어넘고 있다. 부정을 긍정으로 바꾸어 놓는 사랑의 경험은 경계를 무너뜨린다. 이는 베란다에 피어난 "나팔꽃"을 보면서 "한 번도 물리지 않았던 내 젖꼭지에/아픈 젖물이 핑 돈다"(「나팔꽃 씨 하나가」)고 느끼는 일과 다르지 않다. 그녀가 "사랑의 능선을 돌아" "연초록 설레임"(「채송화 우체국」)의 세계에 당도한 것이다.

4. 명랑한 슬픔을 노래하다

전다형의 시적 주제는 슬픔, 상처, 고통, 어둠, 죽음 등과 같이 무거운 내용을 지녔다. 그러나 그녀의 시적 어조는 이러한 무거움에 눌리지 않고 명랑함을 견지한다. 그녀는 가족과 사회 속에서 겪게 되는 삶의 우여곡절뿐만 아니라 육체를 지닌 인간이 필연적으로 안게 되는 고통을 먼저 수락한다. 그리고 고통을 이해하는 이가 품을 수 있는 "잎사귀 넓은 사랑"(「그늘에 대하여」)을 생각한다. "평생을 팔아도 남은 질긴 그늘, 아름다운 유산"(「그늘을 팔다」)과 같은 진술이 말하듯이 그녀는 내재한 "그늘"을 존재를 추동하는 자산으로 받아들이면서 고난의 생을 껴안고 상처를 거름으로 삼아 꽃을 피우려 한다. 시적 명랑성은 그녀의 이러한 태도에서 유발된다.

> 창밖, 아스팔트 위로 검은 음표들이 쏟아졌다
> 하얀 오선지 위로 앵콜앵콜 기립 박수 터져 나왔다
> 슬픈 음표들은 일제히 거리로 뛰쳐 나갔다
>   ―「비를 따라가다」 부분

거리로 뛰쳐나가는 "슬픈 음표"는 전다형의 시가 성취한 중

요한 시적 지평이다. 달리 "명랑한 슬픔"으로 지칭될 수 있는 이것은 매우 의미 있는 감각이자 마음의 움직임이다. 이는 「낡은 피아노」에서 말하는 "해맑은 우울"에 상응한다. 슬픔이며 우울이 명랑성으로 전이되는 것은 "오래된 사랑" 때문이다. 그리고 이러한 사랑은 고난을 경험하고 타자에 대한 감수성이 뛰어난 이들만 가질 수 있는 감정양식이다. 놀라운 것은 전다형의 경우 시적 출발에서 이러한 사랑을 노래했다는 사실이다.

> 의수족 아저씨는 십수 년째
> 주일만 빼고 수선 일을 했네
> 나는 팔 부러진 우산을 들고 찾아갔네
> 허름한 문이 굳게 닫혀 있는
> 단골집 돌아서다 어둠 속
> 우두커니 서 있는 입간판에게 물었네
> 수척한 얼굴로 속사정을 털어놓았네
> 꺾어진 골목으로 어둠 몇 장 굴러다니고
> 영문을 모르는 바람이 틈새를 드나들고 있었네
> 맞은편 산뜻한 수선집 미싱 요란하게
> 푸른 하늘을 박고 있었네
> 찾아준 은혜 잊지 못할 겁니다
> 헛걸음하게 해 죄송합니다
> 삐뚤한 글씨체가 손잡이 근처 붙어 있었네
> 나는 발길을 돌려 건널목에 섰네
> 의수족 아저씨가
> 손때 묻은 연장을 메고 걸어가고 있었네
> 누가 맡겼다 찾아가지 않은 낡은 가방에

망치, 칼, 가위, 쓰다 남은 실, 지퍼, 우산대 몇
땅으로 기우는 어깨 위에서 강물 소리가 들렸네
아저씨가 자꾸만 되돌아보았네
신발 밑창에 친 못처럼 총총 박혀 있는
별을 올려다보며 헛기침을 했네
수선집 근처 굵은 주름살 떨어져
뒹굴고 있었네

—「수선집 근처」 전문

 이 시는 전다형의 등단작이다. 벌써 고통에 의미를 부여하고
타자에 대한 이해의 과정을 시적 대상으로 삼고 있다. "의수족
아저씨"가 하는 일은 "맞은편 산뜻한 수선집"이 하는 일과 다
르다. 삶의 고통은 그것을 경험하고 이해하는 이들만 나눌 수
있다. 고통을 모르는 이가 고통 받는 사람들의 문제를 해결할
수 없다. 시적 화자는 "의수족 아저씨"의 고난과 그의 노동이
지니는 의미를 알고 있다. 이처럼 시적 화자의 앎을 가능하게
하는 것은 "사랑"(「구서동 신(新) 서동요」)이다. 사랑은 모든 경
계를 허문다. 자아와 언어와 풍경과 세계의 벽을 허문다. 존재
에 대한 근원적인 비애감과 모든 존재를 껴안는 사랑의 힘이
만날 때 명랑한 슬픔은 노래된다. 이를 시인의 표현을 빌려
"배꼽이 맨 먼저 부른 노래"(「끈 타령」)라 할 수 있을까?

具謨龍 | 해양대 교수, 문학평론가